Je ne veux pas y aller

texte de **Addie Meyer Sanders**

illustrations de **Andrew Rowland**

Les Éditions Homard

Tente une nouvelle expérience en compagnie de Joey!

Consulte le site www.editionshomard.com pour connaître la recette
de la « Sauce Secrète Super Spéciale de Papy et Joey ». Miam!

À Megan et Leyna, mes nouveaux petits-enfants, ainsi qu'à tous les enfants et les grands-parents de la terre.

Remerciements :
À Dave et à Phil pour l'inspiration
À Meghan Nolan ma rédactrice en chef experte et
À Dieu toujours présent.
– Addie Meyer Sanders

À Maman et Papa. *– Andrew Rowland*

Je ne veux pas y aller
Texte © 2008 Addie Meyer Sanders
Illustrations © 2008 Andrew Rowland

Publié par Les Éditions Homard Ltée
1620, rue Sherbrooke ouest, bureaux C & D
Montréal (Québec) H3H 1C9
Tél. : (514) 904-1100 • Téléc. : (514) 904-1101 • www.editionshomard.com

Édition : Alison Fripp
Rédaction : Alison Fripp et Meghan Nolan
Assistantes à la rédaction : Lindsay Cornish et Nisa Raizen-Miller
Traduction : Andrée Dufault-Jerbi
Révision linguistique : Marie Brusselmans
Chef de la production et conception graphique : Tammy Desnoyers

Catalogage avant publication de Bibliothèque et Archives Canada

Sanders, Addie Meyer
      Je ne veux pas y aller / Addie Meyer Sanders ; illustrations, Andrew Rowland ;
traduction de Andrée Dufault-Jerbi.

Traduction de: I don't want to go.
Pour enfants de 3 à 5 ans.
ISBN 978-2-922435-19-1

      I. Rowland, Andrew, 1962- II. Dufault-Jerbi, Andrée, 1961- III. Titre.

PZ23.S24268Je 2008   j813'.54   C2007-905658-X

Imprimé et relié à Singapour.

« Joey, ta valise est-elle prête? » demande Maman.
« Mamie et Papy sont arrivés. Ils t'emmènent chez eux et vous allez prendre le train. Tu vas bien t'amuser. »

« Je ne veux pas y aller »,
dit Joey.

Une fois à bord, le chef de train donne une casquette à Joey. « *Choo-choo* », hurle le sifflet. « TOUT LE MONDE À BORD », crie à tue-tête le chef de train. *Teuf*, souffle le train, en bondissant vers l'avant. *Clic-clic-clac*, vibrent les roues, sous le siège de Joey. Plus vite. Et encore plus vite. *Clic-clic-clac*, *clic-clic-clac*, le train file à toute vitesse.

« Regardez, » dit Joey. « Je peux voir tout le train. »

En arrivant à la maison de Mamie et Papy,
Mamie prend Joey par la main.

« Joey, cette chambre est pour toi. Ce lit est pour toi, et ces jouets
aussi sont pour toi. Et comme je sais que Papa et toi aimez manger
des céréales avant de dormir, nous en avons aussi. »

« Merci Mamie », lui dit Joey, en admirant sa nouvelle chambre.

Le lendemain après le petit déjeuner, Mamie dit :
« Aujourd'hui, nous allons faire
des courses au supermarché. »

« Je ne veux pas y aller »,
dit Joey.

Mais cette expédition au supermarché est amusante. Tout le monde connaît Mamie. Le charcutier donne un morceau de fromage à Joey et la boulangère lui offre un biscuit.

« Joey, lui dit Mamie, tu peux choisir cinq de tes aliments préférés. »

« Cette pastèque est la plus grosse que j'aie jamais vue. Peut-on l'acheter, Mamie? », lui demande Joey.

La pastèque est déposée dans le panier. « J'adore le raisin. »
Et le raisin se retrouve dans le panier, lui aussi.

« Aimes-tu le beurre de cacahuètes, Mamie? », lui demande Joey.

« Je raffole du beurre de cacahuètes sur des tranches de pommes vertes, miam. Allons en chercher un gros pot. »

« Et de la crème glacée à la vanille? Avec une montagne de fraises et de myrtilles? », demande Joey.

Mamie se met à rire. « Cela fait six aliments en tout Joey, mais ils semblent tous si délicieux! Je crois que je vais aussi rapporter des spaghettis. Attends de voir comment Papy les prépare. »

Le lendemain matin, Papy dit : « Aujourd'hui, nous allons pêcher dans le ruisseau. »

« Je ne veux pas y aller », dit Joey.

Dans le ruisseau, Papy montre à Joey comment tenir sa canne à pêche. Puis ils s'avancent dans l'eau, chaussés de bottes hautes. Joey et Papy rient lorsque les poissons continuent à nager sans mordre à l'hameçon.

Lorsqu'ils rentrent tous les deux à la maison, Mamie dit :
« Souviens-toi, nous fêtons l'anniversaire de ton cousin Bill
cet après-midi. Et tu es invité. »

« Je ne veux pas y aller »,
dit Joey.

Plus tard à la fête, Joey reçoit une carte au trésor et forme un groupe avec quatre autres « pirates ». En suivant la carte, Joey et son équipe découvrent un coffre au trésor débordant de pièces brillantes. Avec les pièces, Joey et ses amis achètent un grand plat rempli de terre et de vers à manger. « Youpi! », dit Joey. « C'est mon dessert préféré : du pudding au chocolat, des miettes de biscuits et des vers en gelée. » La terre et les vers de Joey disparaissent en un clin d'œil.

Tôt le lendemain matin, Mamie réveille Joey. « Aujourd'hui, j'aide le personnel du musée. Tu peux m'accompagner. »

« Je ne veux pas y aller »,
dit Joey.

Au musée, Joey est fasciné par les dinosaures. Il court d'une scène géante à l'autre. « Je les connais tous », dit Joey. « Celui-ci est un Vélociraptor – il était très rapide. Et celui-là est un Stégosaure. »

« Et voici le roi, le Tyrannosaure. La plupart des gens croient qu'il vient du Jurassique, mais il a vécu plus de cent millions d'années plus tard, pendant la période du Crétacé. »

« Joey, je n'arrive pas à croire que tu connaisses tous ces grands mots et tous ces faits », dit Mamie.

Plus tard dans la journée, de retour à la maison, Papy dit :
« Allons à la cuisine, Joey, préparer ma Sauce Secrète
Super Spéciale. »

« Je ne veux pas y aller »,
dit Joey.

Une bonne odeur de tomate remplit bientôt l'air. « Voici les épices, Joey. Tu peux les ajouter. » Joey est debout sur la chaise, il remue et remue encore la sauce dans une grande casserole. « Es-tu prêt pour le secret, Joey? Tu jures de ne rien dire? »

« Je le jure. » Joey ajoute les nouveaux ingrédients, puis remue la sauce encore et encore.

Ce soir-là, Joey mange trois bols de spaghettis, nappés de « Sauce Secrète Super Spéciale de Papy et Joey ».

Après le souper, Papy dit : « Nous dormirons dehors sous la tente, ce soir. »

« Je ne veux pas y aller », dit Joey.

Papy allume un grand feu et ils font griller des guimauves.

« Je n'ai jamais vu autant d'étoiles », dit Joey.

« Regarde ces trois étoiles en ligne droite », dit Papy.
« C'est la ceinture d'Orion. »

« Les deux étoiles au-dessus sont ses épaules, et celles en dessous sont ses genoux. Orion est le grand guerrier du ciel. Il sera toujours là pour toi, Joey. »

« Comme toi, Papy? »

« Oui, Joey. Comme moi. »

Le lendemain matin, les parents de Joey arrivent chez Mamie et Papy.
« Cours chercher ta valise, Joey. On rentre à la maison »,
lui dit Maman.

« Déjà? Je ne veux pas y aller », répond Joey.

« Tu reviendras une autre fois », lui dit Papa.

« C'est promis? », dit Joey. « D'accord, alors on y va! »